SHE LIKES GAY BOYS BUT NOT ME

Doch er konnte mir diesen Wunsch nicht erfüllen...

... und ist einfach gestorben.

2

Zeichnungen: Akira Hirahara Story: Naoto Asahara Aus dem Japanischen von Carina Dallmeier

## Inhalt



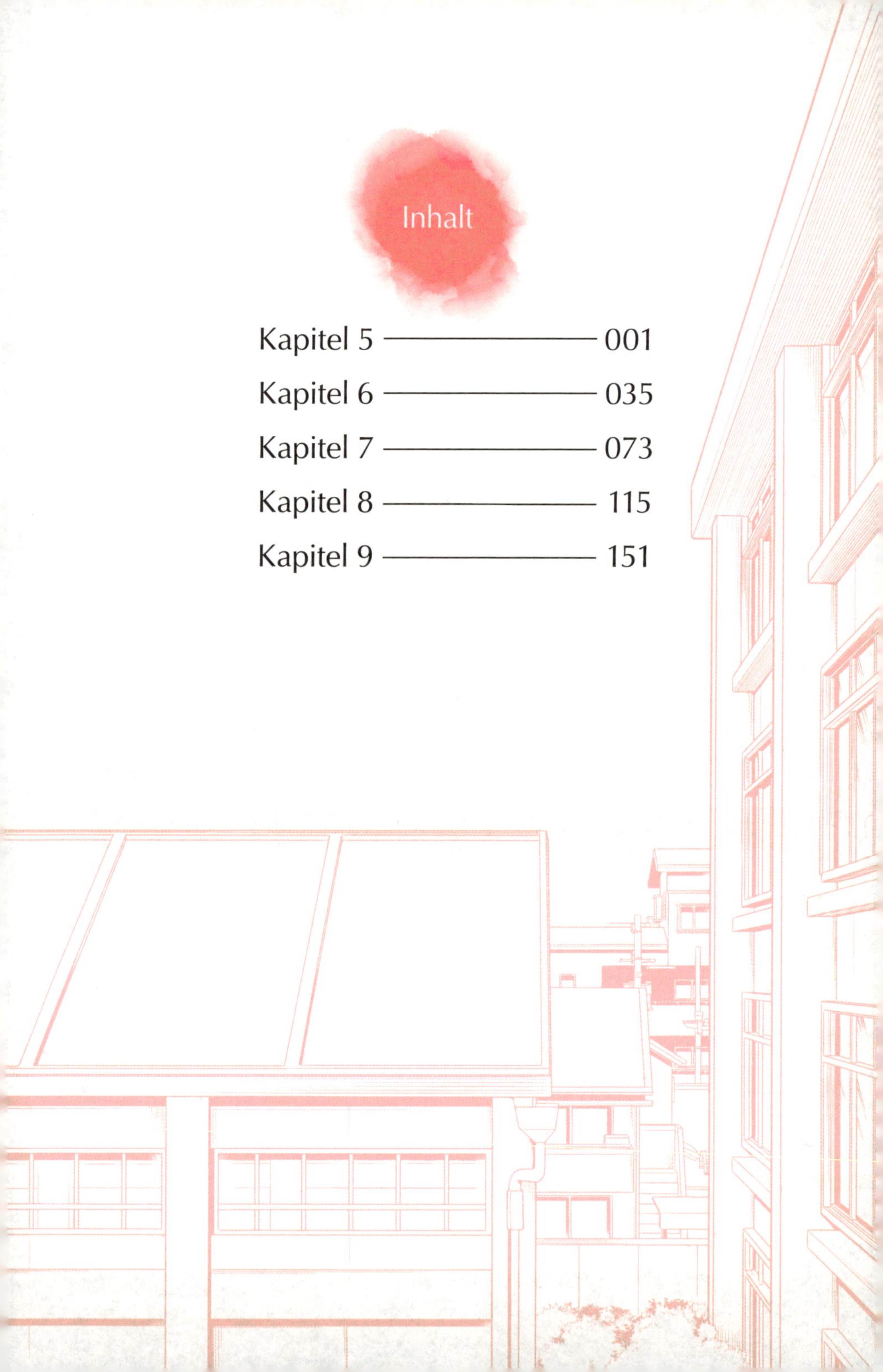

Ich würde ihm folgen.
Ich habe das schon lange geplant...
... und niemandem ein Wort davon erzählt.
Es war nur eine Frage der Zeit.
Menschen wie wir sind real!
Du bist homosexuell, wie ich. Du liebst denselben Künstler wie ich. Du hast dich in einen Mann verliebt, der älter ist als du, so wie ich.
Bitte denk nicht, ich hätte nicht auch an dich gedacht.
Ich kann mir vorstellen, dass du jetzt darunter leidest.
Ohne zu übertreiben bist du das Zweitbeste, was mir je passiert ist.
Also bitte ich dich noch einmal: Quäl dich nicht meinetwegen.
Das Beste war, als er und ich zum ersten Mal eins wurden.

Wenn du traurig bist, bin ich es auch.
Wenn du fröhlich bist, bin ich es auch.
Weil ich dich liebe.
Jun, wir haben über viele verschiedene Dinge geschrieben.
Ich habe mir deine Probleme angehört und dir geholfen, wie es ein großer Bruder tun würde.
Aber es gibt eine Sache, die mich nicht loslässt...
Ich hoffe, du kannst mir zum Sc
eine Frage beantworten.

Warum werden Menschen wie wir überhaupt geboren?
Wenn der Sinn eines jeden Lebewesens die Zeugung von Nachkommen ist...
... wieso gibt es dann sexuelle Orientierungen wie unsere?
Ich habe es nie herausgefunden.
Darum möchte ich, dass du dir darüber Gedanken machst.
Ich freue mich schon auf deine großartige Schlussfolgerung!
Die Sache mit »Queen II«, um die ich dich gebeten habe...
... ist mit meinen Eltern abgesprochen.
Leb wohl, Jun.
Ich habe dich wirklich sehr geliebt.
Ich wünsche dir von Herzen, dass du ein glückliches Leben führen kannst.

AAAAH!
Jun, dein Handy!
...
Das ist nicht was-serfest, oder?
Hoffentlich geht es noch...?
...
Oh... das ist hinüber.
*Hinüber...*
*Was ist hinüber...?*

Ach ja!
Fahrenheit!
Mr. Fahrenheit ist...
... nicht mehr da.

Ich geh kurz auf die Toilette.
Hä?
Aber... was ist mit deinem Handy?
Warte kurz.
Jun!
Mr. Fahrenheit würde nie solch einen geschmacklosen Scherz machen.
足湯
Aber noch ist nichts sicher.
Vielleicht hatte er nur einen Verkehrsunfall und die Mail wurde deshalb verschickt.
Ich muss nachdenken.
HAH
HAAH
Ich muss nachden...

PLAPPER
PLAPPER
PLAPPER
PLAPPER
PLAPPER
Gibt es keinen Ort, wo weniger Menschen sind?
Wo es still ist und ich mich beruhigen kann.
URGH
Wo nur eine begrenzte Anzahl an Menschen hinkommt.
TAPPS
So was wie ein Rückzugsort.
Raucherbe

Jun...?
Makoto!
Mein Geliebter!
Makoto!
Mein wundervoller...
Entschuldige mich kurz.
... verlässlicher...
Ma...
... mich ständig verwöhnender...

... von
Herzen
geliebter...
喫煙所
SMOKING AREA
... Mann.

Jun!
DUMPF
!
Geht's noch?
Pass gefälligst auf, wo du hinläufst!

Halt die Fresse.
Als ob das wehtun würde.
Nicht einmal entschuldigen kannste dich?!
Du wirst doch geil auf das Mädchen neben dir, oder?
Sicher ist dir nie in den Sinn gekommen, wie glücklich du dich schätzen kannst!
Lass gut sein. Gehen wir.
Scheiße!
Scheiße!
Verdammte Scheiße nochmal!
KLACKER
HAH
KLACKER
HAAH
HAAH
!
PATT

Jun!
!
Was ist los, Jun?
Ja, genau, was ist los?
Ist was passiert?
Ist mir was passiert?
Ma...

Ist etwas passiert, das mich so hat werden lassen?
Mako...
...
Ich bin doch, nur...
... geboren worden.
Mako...
Ich wurde doch geboren, um zu leben.
...to...

Hilf mir!
Bitte!
Ich bin bei dir.
...

Ich tu alles, was in meiner Macht steht.
Also...
... hab keine Angst.
... Ma ...
BWAAAAAAA!

足湯*
Konntest du über die Steine im Fußbad laufen, Jun?
Ja.
Ich bin kläglich gescheitert.
Für einen älteren Herrn wie mich ist so eine Fußmassage zu schmerzhaft.
Kann ich mit dir drüber reden?
...
Natürlich.
Ein Freund hat Selbstmord begangen.
Ich hatte doch von meinem Internetfreund, der HIV-positiv ist, erzählt. Ihn meine ich.
Er hat sich das Leben genommen, weil er den Tod seines Freundes, der an AIDS verstorben ist, nicht ertragen konnte.

* Fußbad

Ich habe es zwar nur aus seinem Testament, das er mir per Mail hat zukommen lassen, gelesen, aber...
... ich bin mir sicher, dass es stimmt.
Sag, Makoto...
Warum werden Menschen wie wir eigentlich geboren?
Alle Lebewesen sind doch in weiblich und männlich unterteilt, um den Fortbestand der Art zu garantieren.
Wie kann es also sein, dass diese sinnlose sexuelle Orientierung im Zuge der Entwicklung nicht ausgestorben ist?
Es bleibt nur erhalten, was einen Zweck erfüllt.
Aber welchen Zweck soll sie bitte erfüllen?
Und...
...

Wenn sie gar keinen Zweck erfüllt...
... ist sie dann eine Krankheit?
Eine psychische oder so?
...
WUPP

Diese tiefgründigen Fragen kann ich dir leider nicht beantworten, aber...
.... ich brauche dich, Jun.
Ma...
...ko...
...to...

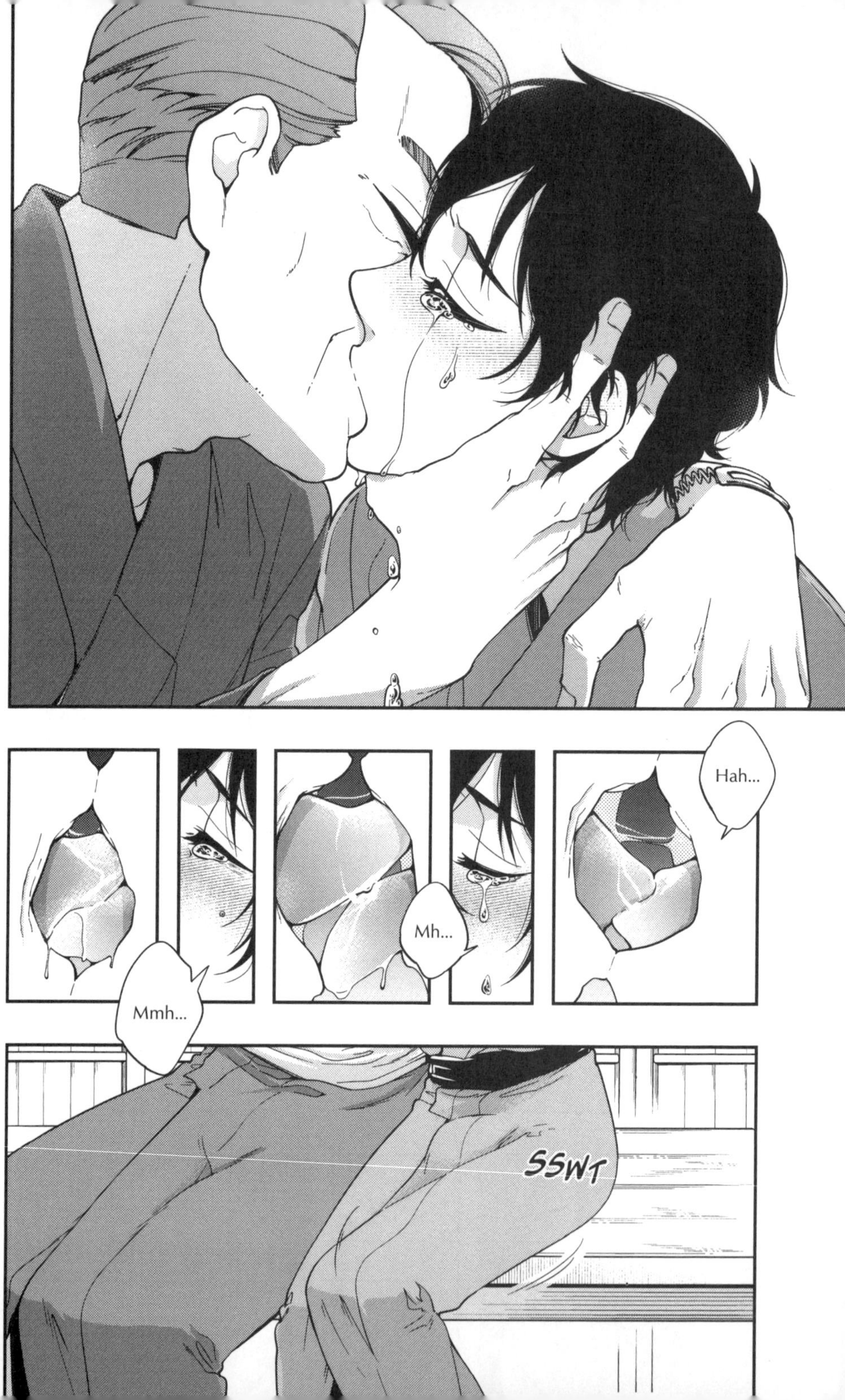
Hah...
Mh...
Mmh...
SSWT

Ach so...
Jetzt versteh ich es...
Für mich ist das normal.
Ich will es nicht wahrhaben, aber ich muss es akzeptieren und irgendwie damit leben.
Es tut weh...
Aber ich bin froh, es doch so schnell erkannt zu haben...
...bevor ich jemanden so sehr verletze, dass ich es nicht wiedergutmachen kann.
Jetzt muss ich nur noch...

BONK
Au!
SCHLITTER
Das tat...
!
Sae?!
Kh...!

Kannst du mir das bitte erklären?
Erklären...?
Was genau?
Alles!
Warum du vorhin abgehauen bist...
... wer dieser Mann ist...
... warum du ihn geküsst hast...
...
... und was ich...
...
Was ich...
... dir eigent-lich...
... be-deute?

Alles!
Ich will alles hören!
GLUCK

Wir beide...
... haben uns doch geküsst...
... oder etwa nicht?
Unzählige Male.
Und nicht ein einziges Mal hat mein Sensor darauf reagiert.
Wir haben auch versucht, miteinander zu schlafen.
Aber es hat nicht geklappt!
Ging es nicht...
... weil du in Wahrheit ihn liebst?
Stehst du etwa auf Männer...
... und liebst mich eigentlich gar nicht?
Konntest du deshalb nicht mit mir schlafen?
Das stimmt nicht.
Ich konnte nicht mit dir schlafen, weil ich keinen hochgekriegt habe.
Das hat mit lieben oder nicht lieben überhaupt nichts zu tun.
Es ist doch so simpel.
Warum will das keiner verstehen?

Jetzt sag endlich was!
...
Große Augen...
... weiche Lippen...
Das ist meine Freundin...
... die mich über alles liebt.
Aber damit...
Hah.
... ist heute Schluss.

Wo liegt denn bitte das Problem?
Du stehst doch...
... auf Homos.

パーン!!!
WATSCH
Du hast sie doch nicht mehr alle!

Jun...
...rum...
Warum...
... hat sie sich ausgerech-net...
SCHLAPP
... in mich verliebt?
Ich hab's ja kapiert...

GAY BOYS
BUT NOT ME

SHE LIKES

SHE LIKES GAY BOYS
BUT NOT ME

Kapitel 6

Kommst du klar, Jun?
Ja, das wird schon.
Halt dich bitte da raus.
Und ich brauch eine Auszeit. Ich meld mich wieder, okay?
Ich verstehe.
Melde dich bitte, sobald das hier geklärt ist, ja?
Danach hab ich mich von Nao und Hayato verabschiedet und bin gegangen.
Tags drauf hab ich mein Handy in die Reparatur gegeben.
Von Sae kam bisher keine Nachricht.
代替機

r. Fahrenheit
eine Adresse lautet
Präfektur Ibaraki
Das wäre ein Tagesausflug...
Aber...
Chat
Offline
Mr. Fahrenheit
Offline
... bisher habe ich nichts weiter unternommen...
... als wie üblich abzuchecken...
... ob Mr. Fahrenheit nicht doch online ist.

S-S-I
...
...
So verging ein Tag nach dem anderen...
... an dem Sae und ich weder miteinander gesprochen...
... noch uns überhaupt angesehen haben.
21
20
22
23
25
26
27

KLATTANG
Spuck's aus.
Hast du dich von Sae getrennt?
Gh!
Willst du nicht lieber sie fragen?

Wer könnte einem Mädchen so was zumuten?
Du bist echt der letzte Dreck!
Was vergeudest du dann deine Zeit mit dem letzten Dreck?
Ginge es nicht um Ryohei, würd ich dich nicht mal mit dem Arsch anschauen.
Dacht ich mir.
Yusuke kümmert sich um seine Freunde.
Er ist glücklich, wenn seine Freunde es auch sind.
Er ist der Typ Mensch, der sich die Welt leicht macht.
Sag...
... warum kümmerst du dich eigentlich so übertrieben um Ryohei?
Was?

Sag ihm doch einfach, dass du auf ihn stehst.
Dass du dich in ihn verknallt hast, weil er ständig deinen Schwanz befummelt.
Gh!
Wobei übertriebener Körperkontakt...
... für ihn ganz normal ist.
Du wirst also vermutlich abblitzen.
KNIRSCH
KLATTANG

Was rede ich überhaupt noch mit dir?!
Selbsterkenntnis ist der erste Schritt...
Freut mich, dass du es kapiert hast.
Das fällt dir aber reichlich spät ein.
Kh!
KLATTER
Wenn ich so eine klare Trennung zwischen Feinden und Verbündeten schaffen kann...
... könnte ich vielleicht sogar ein erfülltes Leben führen.

Nach dem Unterricht hab ich mich direkt auf den Heimweg gemacht.
Bis zum Bahnhof hat mein Player die Lieder...
»Save me« und...
Save Me
Under pressure
Queen
... »Under pressure« gespielt.
Als ob er wüsste, wie ich mich fühle...
3 武蔵野線 Musashino Line
南浦和・新松戸 西船橋方面 for Minami-Urawa, Shim-Matsudo & Nishi-Funabashi
Local 16:30 MINAMI -FUNABASHI
Rapid 16:42 TOKYO
KAKLANG
KAKLANG
KAKLANG
KAKLANG
KAKLANG

Vielleicht wäre das...
... die einfachste Lösung.
Juuunkun!
Lass uns zusammen nach Hause gehen!
GRABSCH
Oh...
Waah!
KAKLANG
KAKLANG
KAKLANG
KAKLANG

KAKLAKLANG
KAKLANG
KAKLANG
KAKLAKLANG
KAKLANG
Das war haarscharf!
Bist du bescheuert?!
Sorry!
Endlich waren wir mal allein, da konnte ich mich nicht bremsen...
Ich wollt mit dir zusammen nach Hause gehen, weil mein Klub heute ausfällt, aber du warst schon weg.
Also bin ich dir hinterhergerannt.
Bist du auf der Flucht, oder so?
Quatsch! Es gab nur nichts mehr zu tun.
Was hältst du dann davon...
... wenn wir zusammen in den Park gehen?

Hör mal...
Ich brauch deinen Rat.
Meinen?
Genau. Mai hat mir ihre Liebe gestanden.
Was soll ich deiner Meinung nach tun?
Was fragst du mich das?
Magst du sie denn?
Wenn du mich so fragst, ja, schon.
Aber darum geht's doch gar nicht.
Wieso? Du kriegst doch eine Erektion, oder?
Dann passt doch alles.
Das läuft sicher gut! Dafür garantiere ich.
Ich finde...
... du solltest einfach machen, was sich für dich richtig anfühlt.

Und dann hat sie sich bei mir entschuldigt.
Sie sich bei dir?
?!
Ich habe ihr einen Korb gegeben.
Finde ich auch.
Und das habe ich getan.
Übel, oder? Frauen sind skrupellos!
Ich wollte nicht, dass sie dich mir wegnimmt...
Es tut mir leid!
Ja. Dafür, dass sie mich dazu gebracht hat, dich und Sae zu verkuppeln...
... obwohl sie wusste, dass ich in Sae verliebt bin.
...
...
Ehrlich gesagt...
SCHLING
Ich sollte doch einfach dich heiraten!

... wusste ich, dass Sae auf dich steht, bevor Mai es mir gesagt hat.
Ich mag sie ja, also musste ich unweigerlich merken, auf wen sie ein Auge hat.
...
Und du?
Liebst du...
... sie auch?

Ich liebe sie.
Gerade eben ist nur einfach der Wurm drin. Kein Grund zur Sorge.
Aber bitte, bohr nicht noch tiefer in mein Innerstes.
Ich will nicht, dass du mein grässliches, abscheuliches Ich sehen musst.
Ich weiß es nicht...

Du solltest ihr...
... von deiner Unsicherheit erzählen.
Sie hat dich sicher längst durchschaut.
So wie Mai mich und ich Sae durchschaut habe.
Sie...
... hat mich...
... durchschaut...?
Daher solltest du reinen Tisch machen.
Du bist doch eh schon aufgeflogen, also bring das wieder in Ordnung.
Wie es dann weitergeht, ist eine andere Geschichte.

Niemand weiß, was für ein Menschlich in Wirklichkeit bin.
Weder meine Mutter noch Ryohei noch irgendeiner meiner Freunde.
Jun!
Aber sie weiß es.
Sie versteht mich.
Okay!
Ich werde es versuchen!
Sehr gut!
Dann häng dich mal rein!
GRABSCH
Ryohei!
Hehee~

Hast du einen Moment?
...
Was gibt es?
Mein erstes Coming-Out.
Hier ist nicht der richtige Ort.
Lass uns woandershin gehen.
Mehrzweckraum
Dieses Mal werde ich nicht weglaufen.

TSK
Hier ist gut.
...
Heißt das, du willst mir endlich...
... alles erklären?
Dann leg mal los!
Zuerst mit dem Wich-tigsten!

Bist du schwul?
Beruhig dich.
Das bisschen wird dich schon nicht umbringen.
Ja...
Und dieser Mann ist...?
Mein Freund.
Wir haben gesehen, dass er mit seiner Familie oder so da war, als du schon weg warst. Was hat es damit auf sich?
Er ist schwul ...
... aber auch verheiratet.
Wie bitte?

Dann bist du seine Affäre?!
Seid ihr alle so drauf?
Haltet ihr euch nur wegen eures Ansehens eine Frau? Und hinter ihrem Rücken führt ihr eine echte Liebesbeziehung mit einem Mann?
Als wären Frauen nichts weiter als Accessoires!
Ich versteh ja, dass es ohne diese Masche nicht leicht für euch ist!
Und ich versteh auch, dass ihr nicht einfach aufhören könnt, euch in Männer zu verlieben!
Aber die Frau, die von euch getäuscht wird, ist doch auch nur verliebt!
Sie fühlen genau dasselbe wie ihr...
... wenn ihr euch in einen Mann verliebt!
RUFF

Was ist mit ihren Gefühlen?
Ist sie etwa selbst schuld, weil sie sich in einen Homo verliebt hat?!
Nein!
Es geht nicht um Ansehen!
Du willst eine Liebesbeziehung mit einem Mann und eine glückliche Familie mit ihm gründen. Mir geht es genauso!
Ich will meine Kinder in Harmonie mit meiner Frau liebevoll großziehen.
Ich will für meine Enkel ein liebender Opa sein.
Ich will eine Liebesbeziehung mit einer Frau und eine glückliche Familie mit ihr gründen.
Ich will mit meinem Sohn zusammen was trinken.
Ich will Tränen bei der Hochzeit meiner Tochter vergießen.
Ich will all das!

Und zuletzt will ich glücklich und zufrieden sterben, während mich meine riesige Familie nur schweren Herzens verabschiedet!
Das ist alles, was ich mir erträume!
Ich mag Männer einfach nur etwas mehr. Sicherlich würde es irgendwann auch mit einer Frau klappen!
Um mir das zu beweisen...
...
... bin ich mit dir zusammengekommen.
Aber das war noch lange kein Grund, dich so zu hintergehen.
Glaub mir, ich wollte diese Show selbst bald beenden.
Es tut mir wirklich leid.
Hh!

Und jetzt?
Ich hab mir all das angehört, aber ich kann nicht von jetzt auf gleich aufhören, dich zu lieben.
Was soll ich deiner Meinung nach jetzt tun?
...
Was soll ich, die sich in jemanden verliebt hat...
... der ihre Liebe niemals erwidern wird...
... jetzt bitte tun?!
...

Sae und ich...
... fühlen dasselbe...
Uhuu...
Uuh...
Wir wünschen uns eine Familie.
Wir wollen mit dem Menschen, den wir lieben, eins werden.
Aber ich krieg bei einer Frau keine Erektion.
Daher wird dieser Traum...
... nie in Erfüllung gehen.
WAMM

Habe ich mich...
... gerade verhört?!
Yu...
...suke...
Du bist schwul...
... und hast Sae nur verarscht?!
Ist das wahr?!
Spuck's aus!

Mach dein Maul auf!
Ach so...
Du willst...
... ein Urteil fällen.
Haha...
?!
Mach dieser lächerlichen Show ein Ende.
Erkläre dich für schuldig.
Bring es zu Ende und alle sind glücklich.

Ryohei war auch schön blöd...
... sich die Frau von 'nem Homo weg-schnappen zu lassen.
Kh!
Du dummer Wichser!
Kch!

Hh!!
POLTER
IYAAAAAH!
Haah.
Haah.
Yusuke!
Hör auf!
Sieh mal einer an.
Ah!
Du hörst Queen?
Ach.
Ja, klar!

Das waren ja auch so Homos.
Und das ist Queen?
Genau. Das ist meine Lieblingsband. Sie kommen aus England.
Meinen Laden habe ich auch nach einem Song von ihnen benannt.
Ach?
Wenn du mal reinhören magst, leih ich dir die CD.
Wow!
Vielen Dank!
Ich habe mich sofort in ihre Musik verliebt.
Sag mal, Kate...
Als ich Kate die CD zurückbrachte, war ich bereits so versessen auf die Band, dass ich das Netz nach Infos abgegrast und alle ihre Alben gekauft hatte.
Warum hast du mir nicht gesagt, dass der Sänger schwul ist?
Ach...

Ist das denn wichtig?
Queen verbinden Kate und mich.
Homos...
... stehen natürlich auf Homo-Musik.
Bohemian Rhapsody
Love of My Life
Somebody to Love
Sie sind die einzige Verbindung...
... die Mr. Fahrenheit...
... und ich noch haben!
Hh!

DU...
A...
... A...

... A...
... ARSCH!

DAMM
Kh!
Jun...
Na, warte!
Sie sind da drin!
Schluss jetzt!
Sofort aufhören!
POLTER

Offiziell haben wir uns um Sae, also ein Mädchen, geprügelt.
Arztpraxis Hidaka
Bis Samstag sollen Yusuke und ich eine Strafarbeit schreiben.
Warum hast du mir nicht gesagt, dass du eine Freundin hast?
Arztpraxis Hida
Du kannst tun und lassen, was du willst, aber nur mit Verhütung, ja?
...

In dem Song beklagt ein Mörder, dass er nicht sterben will.
Er brüllt, er wollte nie mit dieser Neigung geboren werden.
Wieso musste es so kommen?
Sein eigenes Leben war ein Fluch.
Er verliert sich in diesem Meer aus Konflikten, aus dem es kein Entkommen gibt.
Bohemian Rhapsody
Queen
HOME
Mir geht es gerade genauso.

SHE LIKES GAY BOYS
BUT NOT ME

# SHE LIKES GAY BOYS

BUT NOT ME

Kapitel 7

Moin!
Morgen!
Hey, hast du das gestern gesehen?
Jup, hab ich!
*Sie starren bestimmt nur wegen des Pflasters...*
HAAAH
11C
RATTER
Morgen.

STILLE
...
War ja klar.
Wär ich doch bloß zu Hause geblieben...

FLOPP
...
Hnng!!
SWWP
ZUCK
ZUCK
ZUCK
Geht's noch?!
WUSCH
Heheh!

Moin...
... Junkun!
...
Wollen wir nach 'm Unterricht in 'ne Spielo?
Will mal wieder ein Fighting Game mit dir zocken!
Und dein Klub...?
Lass ich sausen!
Ryohei ist wie immer.
Wieso...

... fragt er dann nicht, warum ich verletzt bin?
Ach ja!
Ich bin mir sicher.
Ryohei weiß Bescheid.
Irgendwer hat ihm davon erzählt.
Von wegen »irgendwer«...
Das kann doch nur...
Ryo-hei!
Du solltest dich besser nicht mit dem abgeben.
Wenn du nicht aufpasst, verknallt der sich noch in dich!

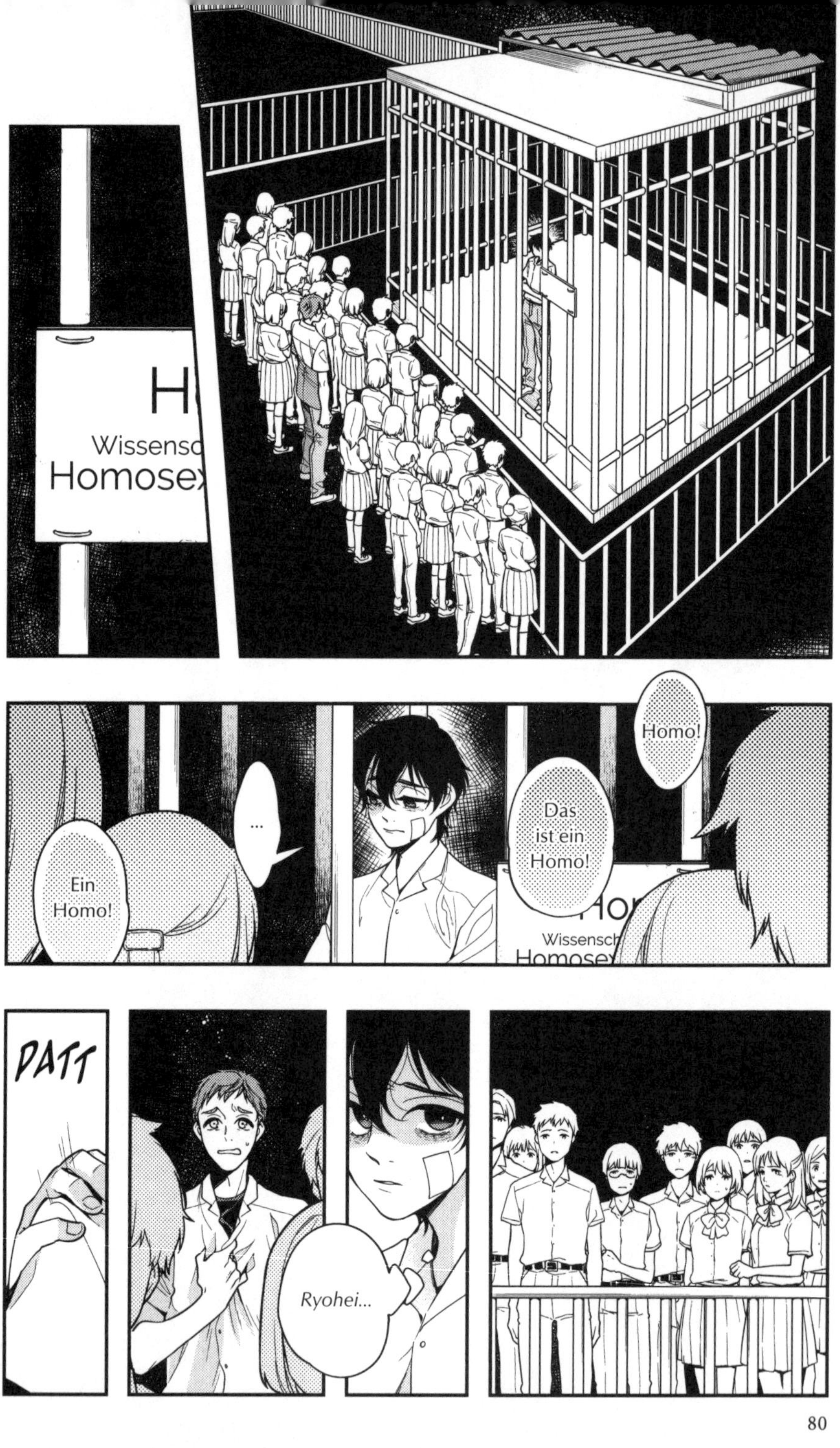
H
Wissensch
Homosex
Homo!
Das ist ein Homo!
...
Ein Homo!
Hom
Wissensch
Homosex
DATT
Ryohei...

Du bist doch anders als dieser abartige Homo.
Pass besser auf dich auf.
…
Homo
Wissenschaftlicher Name
Homosexueller Mann
Na los, gib es schon zu.
Diese Schwuchteln sind doch abartig.

Lass den Scheiß!
Was regst du dich so auf?
Dieser perverse Sack steht auf Männer!
Als sein bester Freund bist du am meisten gefährdet!
Der will dir nur an die Wäsche!
Halt's Maul!
...

Junkun, mir macht das nichts aus, hörst du?
Ich bin zwar traurig, dass du es mir nicht selbst gesagt hast und wir drüber reden konnten, aber...
... ich finde dich deshalb nicht widerlich oder mag dich plötzlich nicht mehr.
Du bist, wie du bist.
Zwischen uns hat sich nichts geändert!
Also mach dir keinen Kopf, ja?
Ich bin, wie ich bin.
Du findest mich nicht widerlich.
Deshalb hat sich zwischen uns...
nichts verändert.
Dennoch...

... hast du mir vorhin...
... nicht wie sonst zwischen die Beine gegriffen.

Ich geh aufs Klo.
Anfassen ist nicht, klar? Auch wenn die Schwänze noch so schön sind.
...
Yusuke!

!
Jun!
Was hast du?
Du weinst ja!
?!
Ich weine?
Warum...?

Jetzt wissen doch endlich alle...
... wer ich wirklich bin.
Und Ryohei hat mich so akzeptiert.
Warum...
... tut es dann...
... so weh...?
...
Lass mich in Ruhe...
Aber ...
GNN
Verpiss dich!

HAAH
HAAH
HAAAH

Ich will nach Hause.
Aber das würde nur Probleme geben.
Die Lehrer würden es erfahren, Mama würde es erfahren...
Daher...
... kann ich nicht gehen.
Ich muss zurück.
Ich muss mich wieder ihren Blicken aussetzen...
SST
SCHWUPP
Ihr Götter, ich habe nur eine Bitte...

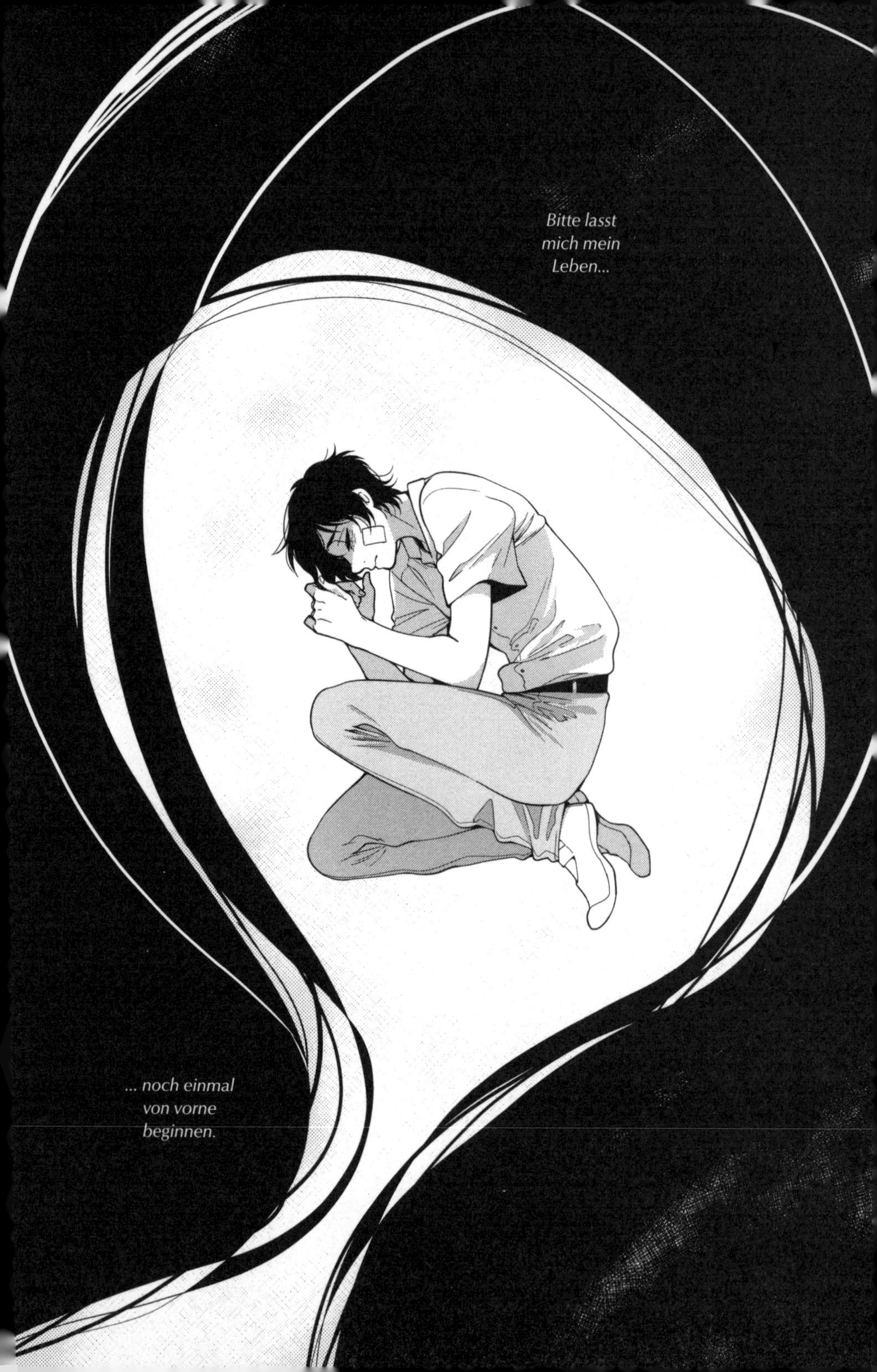
Bitte lasst mich mein Leben...
... noch einmal von vorne beginnen.

Jun...
Darf ich dich kurz stören?
...
Ich will nur, dass du weißt, dass es viel weniger Leuten was ausmacht, als du denkst.
Zumindest stört sich keines der Mädchen dran.
Yusuke ist doch derjenige, den sie fertigmachen sollten. Immerhin hat er andere belauscht und das dann herumerzählt!
...
Aber er hat wohl nicht alles gehört!
Dass du einen Freund hast, ist also zum Glück nicht aufgeflogen!
Aber sollten mich nicht gerade die Mädchen verabscheuen, weil ich dich hintergangen habe?
Ach so!

Das habe ich ihnen erklärt.
Lang und breit! Auch, wie sehr es dich gequält hat.
Und sie haben Verständnis gezeigt.
Du weißt doch...
... Mädchen stehen nun mal auf Homos.
Du kannst das eine und das andere nicht in denselben Topf werfen.
Boys Love ist Fantasie, das hier ist die Realität.
Das kann man nicht vergleichen.
Nicht?
...

Sieh es mal so... du bist ein Homo.
Und ich steh auf Homos.
Wer könnte besser zusammenpassen als wir zwei?
Oder...
... findest du etwa nicht?
*Sae...*

!
Ach ja!
Hast du gehört, dass es in der Elften einen Homo gibt?
Was, im Ernst? Das ist mir neu!
Angeblich ist der zur Tarnung mit 'nem Mädchen zusammen!
Das ist jetzt aufgeflogen.
Du verarschst mich!
Örks!
Ein echter Homo?
Was, wenn der mir aufm Klo begegnet?
Wir sind in der Zehnten... Eher unwahrscheinlich.
Man weiß ja nie! Vielleicht steht der ja auf Jüngere!

...
Jun...
Nimm dich besser vor ihm in Acht!
Wie stellst du dir das vor? Ich weiß doch nicht einmal, wie der aussieht!
Keine Ahnung? Aber sei einfach vorsichtig, wenn dir ein Kerl beim Pinkeln aufn Schwanz starrt.
Das wäre ich so oder so.
DANG
!

Eure Schwänze...
... interessieren mich einen Scheißdreck!

Die Götter haben einen echt miesen Charakter.
Sie hätten den Sport am Nachmittag auch ausfallen lassen kön-nen...
Puuh...
PLAPPER
PLAPPER
PLAPPER
PLAPPER

Na, also.
Genau das hab ich erwartet.
Ey, Schwuchtel!
...
Verpiss dich.
Mit 'nem Homo im Raum kann man sich doch nicht umziehen.
Und wieso nicht?

Ich hab keinen Bock drauf, dir als Wichsvorlage zu dienen.
Sei beru-higt, das wirst du nicht.
Und du glaubst, ich bin so blöd, den Worten einer dreckigen Schwuchtel zu glauben?
Halt die Fresse, du elendiger Narziss.
Du kriegst bei 'ner Frau wenigstens 'nen Ständer.
Und du hast sicher selbst schon Frauen, die dir gefallen, als Wichsvorla-ge benutzt.
Yusuke!
Jetzt hör endlich auf mit dem Scheiß!
Ich spreche nur aus, was alle denken.
Das stimmt nicht! Ich denke nicht so!
Bist du dir da sicher?

Bist du nicht von ihm angewidert?
Der lutscht Schwänze!
Kriegst du das in deinen Schädel?
Aber das ist heutzutage doch kein Thema mehr!
Er hat sich das ja nicht ausgesucht.
Und es ist auch keine Krankheit, also...
Das ist keine Antwort auf meine Frage.
Darum geht es überhaupt nicht...
... und es interessiert auch niemanden.
Hier geht es darum, ob der Kerl...
... dich anwidert oder nicht.
...

Ryohei.
Ich frage dich noch einmal.
Der Kerl widert dich doch auch an, oder?

He, du!
Dich hab ich noch nie hier gesehen!
Ich wohne noch nicht lange hier.
Wo kommst du her?
Chiba.
Wie alt bist du?
Fünf.
Ich auch! Wie heißt du?
Jun Oishi... Nein...
Ando... Jun Ando.
**Du hast zwei Namen?!**
Nein, der hat sich geän-dert...
... weil ich keinen Papa mehr habe.
Und dann ändert sich der Name?
Ja?
Ver-stehe...
Dann eben...
... Junkun!

»Junkun, Junkun!«
Wenn Ryohei mich rief, war der Klang meines Namens immer herzerwärmend.
So habe ich Ryohei lieben gelernt.
An meiner Liebe für ihn hat sich auch nichts geändert, als ich erkannt habe, dass ich schwul bin.
Bis heute nicht.
Daher verstehe ich ihn.
Ich...!
Ich...
Schon gut.
Du musst dich zu nichts zwingen.
Ich hab's ja kapiert.
Ich verschwinde.

Klar fällt euch das Umziehen schwer, solange ich hier bin.
Hah!
...
RATTER
!
Junkun?!

Ryohei.
Ich danke dir für alles.
Dass ich so lange durchgehalten habe, habe ich nur dir zu verdanken.
Junkun, lass den Mist!
Ich...!
Ich hab davon geträumt, Sex mit dir zu haben.
Ganz schön ekelig, was?
Ja, und?
Ich hab davon geträumt, mit der Englischlehrerin zu schlafen!
Ein feuchter Traum mit 'ner fetten Tussi über vierzig!
Das ist viel ekeliger!
...

Yusuke, jetzt entschuldige dich endlich!
Komm schon!
...
Yusuke.
Keine Sorge, das ist nicht deine Schuld. Alle in der Klasse können das bezeugen.
Ich bin's einfach leid.
Ich ertrage das alles nicht mehr.
Daher bereite ich dem jetzt ein Ende.
Das ist alles.
...
Das hat nichts mit euch zu tun.
Jun-kun...

Jun...
Hör auf.
Jetzt brauchst du mich auch nicht mehr so anzusehen.
Es ist zu spät.
Entschuldige, Mr. Fahrenheit...
... dass ich mein Versprechen...
... nicht halten konnte.

Bye-bye.

Hach, ich habe sie mir so sehr gewünscht...
Meine eigene...
... Familie...

Kapitel 8

Jun!
Warum …
Warum hast du das getan?

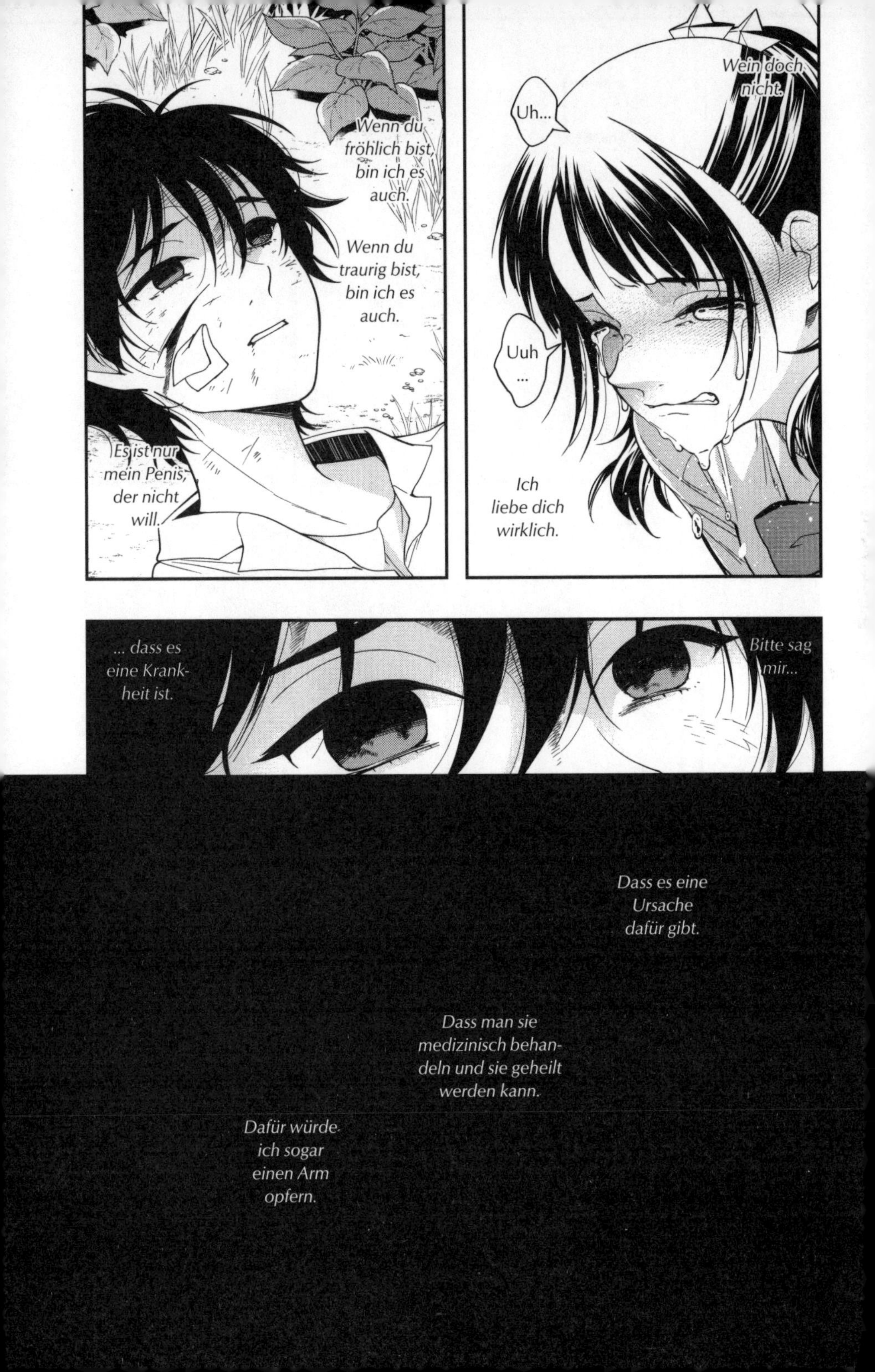

Wein doch nicht.
Uh...
Uuh ...
Ich liebe dich wirklich.
Wenn du fröhlich bist, bin ich es auch.
Wenn du traurig bist, bin ich es auch.
Es ist nur mein Penis, der nicht will.
Bitte sag mir...
... dass es eine Krankheit ist.
Dass es eine Ursache dafür gibt.
Dass man sie medizinisch behandeln und sie geheilt werden kann.
Dafür würde ich sogar einen Arm opfern.

Ich war nicht so schlimm verletzt wie erwartet.
Zentralklinikum Ostjapan
Nach einem Monat Krankenhausaufenthalt würde ambulante Behandlung genügen.
Einzelzimmer sind echt teuer!
Das Angesparte für deine Uni ist dahin.
Ja…
Musst du wohl auf eine staatliche Uni gehen.
Ja…
…
GNN
Jun…
Ich habe gehört, du magst Männer…?

Hast du einen Freund...?
Verste- he...
...
Und ...
... bist du dir da...
... auch ganz sicher ...?
Bist du dir sicher, dass du Bewunderung nicht vielleicht mit Liebe verwechselst?
Du führst doch eine richtige Beziehung mit einem Mädchen.
GRRT
Eine richtige...?

Was weißt du denn schon?!
Ja, verdammt, ich bin mir sicher!
Von allen Menschen auf dieser Welt wünsche ich mir immerhin am allermeisten, mich in ein Mädchen zu verlieben.
Ich verabscheue mich dafür, dass ich auf Männer stehe. Ich ertrage es einfach nicht!
…
Aber es sind trotzdem immer nur Männer, in die ich mich verliebe!
Es macht mich fertig!
Aber ich habe mich damit abgefunden, auch wenn es mich fast umbringt!

Meine Freunde reden ständig von ihren Zukunftsträumen.
Dass sie heiraten und Kinder kriegen wollen.
Aber das einzig Realistische, was ich mir vorstellen kann, ist...
... wie ich einsam und allein in einem Einzimmerappartement sterben werde, ohne dass es jemand mitbekommt.
Willst du allen Ernstes behaupten, du wüsstest, wie ich mich fühle?!
...
Wer weiß? Vielleicht wäre ich gar nicht schwul...
... wenn du nicht die Scheidung gewollt und mir so meinen Vater genommen hättest!
Warum habt ihr euch scheiden lassen?
Warum durfte ich keinen Vater haben?
Warum ...

Warum...
... hast du mich auf die Welt gebracht?!
Ich ertrage dieses Leben nicht länger!
Was hab ich getan, um so leiden zu müssen?
Ich wurde doch nur geboren...
Ich habe doch nichts verbrochen!
Warum lebe ich...
... überhaupt noch...?

Es tut mir leid!
Es tut mir so leid, Jun!
Ich hab's verstanden.
Alles wird gut.

Was auch passiert, deine Mama...
... wird dich niemals im Stich lassen. Das verspreche ich dir.
Okay...
Nachdem wir uns eine Weile in den Armen lagen...
... habe ich lange mit meiner Mutter gesprochen.
Über alles, was bisher war, und wie es weiter-gehen sollte.

Zimmer 53
Jun Ando
Gute Besserung!
Von der ganzen 11C
Puh, dich nach so vielen Tagen wiederzusehen, beruhigt mich.
Tut es das?
Wann kommst du wieder zur Schule?
Hmm ...
Vielleicht komme ich gar nicht mehr...
Verwandte meiner Mutter leben in Osaka.
Wir haben darüber gesprochen, ob ich nicht zu ihnen ziehe und damit auch die Schule wechsle.
Aber noch ist nichts beschlossen.
Was?

Aber wieso denn? Ryohei und ich stehen hinter dir, was immer auch passiert!
Danke.
Aber ich kann mich doch nicht so verwöhnen lassen!
Kannst du wohl!
Jetzt stell dich nicht immer so an und lass dich verwöhnen!
Ich weiß, dass ich das nur schwer annehmen kann.
Aber ich will verwöhnt werden, bis ich komplett dahingeschmolzen bin. Also habe ich mir einen älteren Liebhaber genommen.
Vielleicht hast du recht.
...
Ich geh kurz raus.
Du kommst ja auch allein klar, oder?
Äh...
Ah...
Ja!
KLACK

Aaaal ...
...so ...
Ich hab dir auch was mitgebracht.
Was eher Spezielles.
STAPP
STAPP
STAPP
STAPP
Im Krankenhaus ist dir bestimmt langweilig.
Ich hab dir extra welche mit großem Altersunterschied ausgesucht.
Ich würde mich freuen, wenn du sie liest und deine Eindrücke mit mir teilst.
Ich habe noch nie die Meinung eines Betroffenen gehört!
...
PATSCH

Ich will, dass du mich kennen-lernst!
Ich will, dass du mich ver-stehst!
Dass du weißt, was für ein Mensch ich bin!
Und dass wir dann...
... offen miteinan-der reden können.
So, wie ich mehr über dich erfahren habe...
... will ich, dass du auch mehr über mich weißt.

Dann werd ich Ryohei mal wieder herholen. Räum die Manga schnell weg.
Und das bleibt unter uns, ja?
Klar.
Oh!
Ach ja!
Nur, dass du's weißt! Das mit uns ist noch nicht vorbei!
So leicht wirst du mich nicht los!

Diese paar Worte, die Sae und ich gewechselt haben...
...haben ein Feuer in meiner Brust entfacht.
Das bilde ich mir definitiv nicht ein.

KLINGELINGELING
KLINGELING
Zentralklinikum Ostjapan
Wer...?
Hallo?
Hallo. Bist du es, Jun?

Makoto...
Hatte ich nicht gesagt, dass ich eine Auszeit will und mich wieder melden würde?
Ja, aber seitdem ist so viel Zeit vergangen, dass ich mir Sorgen gemacht habe.
Ist das...
... schon so lange her?
Du hättest doch auch schreiben können.
Hatte Angst, dass du mir nicht antwortest.
Wollen wir uns demnächst mal wieder treffen?
Ich lieg im Krankenhaus, also ist demnächst erst mal nicht drin.
Im Krankenhaus?
Ja, bin am Bahnhof die Treppe runtergefallen und hab mir was gebrochen.
Deshalb hab ich mich auch nicht gemeldet.
Was hast du dir gebrochen?
Den rechten Arm.
Im Juli sollte ich entlassen werden, also mach dir keine Sorgen.
Okay. Wollen wir uns nach deiner Entlassung treffen?
Die Heilung wird noch 'ne Weile dauern...
Selbst wenn wir uns treffen, könnten wir nichts tun.
...

Schon okay.
Das ist ja nicht der Grund, warum ich dich sehen will.
Tut mir leid...
Muss es nicht.
Also dann ab Juli irgendwann.
Ich freu mich sehr.
Schön. Bis dann.
TAPP
*Meine Wortwahl war ja mal total daneben...*
!

Und mit einem Schlag bin ich wieder in der Realität gelandet...
Ich hab dir extra welche mit großem Altersunterschied ausgesucht.
Teil deine Eindrücke mit mir.
Damals hat sie auch einen Manga über einen Lehrer gekauft...
Ist wohl ihr Ding...
Stehst du auf so was?
FLAPP
FLAPP
FLAPP
FLAPP

Die Manga, die Sae mir dagelassen hat...
... hatten eins gemeinsam: Es sind immer männliche Paare.
Es gab die verschiedensten Männer, die die verschiedensten Beziehungen führten.
Hab die Bücher gelesen
Gelesen 18:25
Und?
18:26
WOAH!
WOAH!
18:26
Zu viele Homos ;)

Okay, bisher hab ich das noch nicht erwähnt, aber BL-Stories spielen auf einem fiktiven BL-Planeten. Aufgrund einer Chromosomenanomalie gibt es dort kaum Frauen. Daher haben Männer sexuelles Verlangen nach anderen Männern entwickelt. Sie werden auch von selbst feucht, indem sie besonders viele Körperflüssigkeit aussondern. Je nach Gebiet können sie sogar schwanger werden.
18:32
Was der Trieb nach Nachkommen nicht alles mit einem macht, was?
18:33
Ach so!
BL ist nicht Fantasy, sondern eher SF!
Ein BL-Planet klingt super, die Homos sind so optimistisch.
Ich wär auch gern auf diesem Planeten.
Eine mitleiderregende Nachricht...
Ob sie mich tröstet...?
Ich fühl mich etwas verloren...
Ich auch.

Ahaha-hahaha-haha!
AUTSCH!
Ersatzgerät
Hahaha-haha!
Ich musste so sehr lachen, dass meine Rippen echt scheiße wehtaten...
Zentralklinikum Ostjapan
... und ich gezwungen war, eine Schwester zu rufen.

Und so war ein Monat vergangen.
Sag mal...
Kommst du nach deiner Entlassung...
... zumindest zur Abschlussfeier in die Schule?
Wieso?
Du erinnerst dich doch, dass ich ein Bild bei einem Wettbewerb einreichen wollte, oder?
Es wurde ausgewählt.
Glückwunsch.
Ich möchte, dass du dabei bist, wenn ich bei der Abschlussfeier meinen Preis entgegennehme.
Aber warum soll ich dabei sein?
Na, hör mal! Jedes Mädchen will ihren Freund dabeihaben, wenn sie was Großartiges erreicht hat!
Ach so!
Wenn es dir leidtut, dass du mich getäuscht hast...
... versprichst du mir, dass du kommst.
Okay.

Ach, übrigens.
Hast du während deines Krankenhausaufenthalts nun was über mich gelernt?
Ich weiß, dass du ein Mädchen bist, das auf Homos steht.
Daraus kann man einiges ableiten.
Dass ich dich liebe, weil ich Homos liebe...
... zum Beispiel.
Aber die Bewohner des BL-Planeten und wir Erdenmenschen sind komplett verschieden!
Die Leute vom BL-Planeten haben sich doch nur an ihre Umwelt angepasst.
Jemand wie ich, der keine Nachkommen zeugt, würde im Zuge der Evolution als allererstes aussortiert werden.
Aber...
... du wurdest nicht aussortiert.
Stimmt...
Das hieße ja dann...

... dass meine Existenz doch einen Sinn hat.
Aber selbst wenn, mir fällt kein triftiger Grund ein...
Mr. Fahrenheit hat mir diese Aufgabe erteilt.
Ich wollte »Queen II« abholen, sobald ich die Antwort darauf gefunden habe.
Aber bisher kam ich auf keine.
Also ich...
... na ja...
... hätte schon Probleme, wenn es plötzlich keine Homos mehr gäbe...
Da ist was dran.

Anfang Juli wurde ich aus dem Krankenhaus entlassen.
Warum hast du eigentlich ausgerechnet in Japan einen Laden aufgemacht, Kate?
Ist das Leben für Homosexuelle in deinem Heimatland nicht viel leichter?
Das schon.
Hmm...
Ich bin überall auf der Welt herumgekommen, um die verschiedensten Mädchen aufzureißen.
Japanerinnen fand ich bisher am niedlichsten, also bin ich geblieben.
Ah ja...
Aber an und für sich ist es egal, ob das Land oder die Allgemeinheit einen akzeptiert.
Solange man sich selbst akzeptiert, kann man überall glücklich sein. Tut man das nicht, endet das nicht gut.
Verstehe...
STUPS

Weglaufen ist okay, Jun.
Solange du nicht vor dir selbst wegläufst.
Es muss ja nicht sofort sein, aber irgendwann musst du dich dem Kampf stellen.
Und schlag dir den bloß aus dem Kopf.
Er ist nur ein verlogener Mann, der sich den wirklich wichtigen Dingen nicht stellt.
KLINGELING
Aber hallo!
Wenn man vom Teufel spricht...

Worüber hast du vorhin mit Kate gesprochen?
Über was so war, während ich weg war.
Ach so.
Sag mal...
... Makoto.
Kann ich dich was fragen?
Klar doch.
Liebst du...
... deine Frau?

...
Nein, das tu ich nicht.
Liebst du mich?
Ja, ich liebe dich.
Und...

... wenn deine Frau und ich zeitgleich im Fluss zu ertrinken drohen...
... wen würdest du retten?

Darauf gibt es keine richtige Antwort.
Das ist nur eine widerwärtige Art herauszufinden, wie tief seine Liebe zu mir wirklich ist.
Wird es der Mensch, den er liebt?
...
Oder der Mensch, den er nicht liebt?
Was ist denn heute mit dir los?
Bist du wirklich wieder gesund?
...
Da steckt doch mehr dahinter, oder?
Kate hatte recht.
Mir geht es gut.
Es ist einiges vorgefallen. Es war hart, aber jetzt geht es mir wieder gut.
Er ist ein verlogener Mann.
Na, dann.
Wenn du das sagst, will ich dir glauben.

Jun.
Makoto...
Wenn dir was auf dem Herzen liegt...
... sag es mir bitte, ja?
Wenn ich ihn um Rat fragen würde...
... würde er mir sicher so lange zuhören, wie es nötig ist.
Danach würde er mich küssen...
... mit mir schlafen...
... und ich würde mich damit zufriedengeben.
Ich würde ewig auf der Stelle treten und zu keiner Lösung kommen.

Na klar.
Ich hab mich entschieden.
Ich werde zur Abschlussfeier gehen.

# SHE LIKES GAY BOYS
BUT NOT ME

Kapitel 9

Und du bist dir sicher...
... dass du da heute...
... hingehen willst?
Ja.
Bin ich.
...
Na gut.

Zur Abschlussfeier, zu der ich mich mit Sae verabredet hatte...
... hatten wir schönstes Wetter.
11C
...
FFH
RATTER
Guten Morgen.

STILLE ...
...

FLAPP
Haah...
Ich hab zwar nicht erwartet, dass sie so tun...
... als wäre nie was gewesen...
... aber ihre Blicke tun trotzdem weh.

WUPPS
Juuuuuunkun!
Morgen!
SCH
Mor... gen...
Du bist verletzt, daher frag ich ausnahmsweise...
... aber darf ich grabbeln?
...
Und du glaubst, ich antworte jetzt mit »klar doch«?
Na ja, fragen kostet nichts!
Jun!

Morgen!
Guten Morgen!
Wie lange hab ich dich nicht mehr in Uniform gesehen?
Kommt mir auch ewig vor!
!

Wollen wir woanders weiterreden?
Ich hab noch was zu erledigen...
... also geht ruhig ohne mich.
SCHUBBS
SCHUBBS
SCHUBBS
Aber Ryohei...
Genießt die Zweisamkeit!
Sag...
... was wurde jetzt aus der Geschichte mit dem Umzug?
Hmm... hab mich noch nicht entschieden.

...
Und warum...
... bist du dann heute gekommen?
Weil mich meine Freundin darum gebeten hat.
Wie könnte ich da nicht kommen?
Denkst du das ernsthaft?
Ja, das tu ich.
Hmm... na gut.

Weißt du, nach dem Vorfall mit dir...
... haben wir in der Klasse viel über Homosexualität gesprochen.
Jede Klasse der Schule hat sich in der Klassenlehrerstunde...
...
... damit beschäftigt.

Homosexualität
Homosexualität ist
Homosexualität
Religion — Christent
Konfuzian
Dabei kamen wir auch auf Religion und Fujoshi zu sprechen.
Wir hatten ganz schön tiefgreifende Diskussionen.
Aber es gab niemanden, der Homosexuelle als anormal bezeichnet hat.
Ganz egal, wer man ist oder wen man liebt, Liebe ist etwas Wundervolles.
Niemand hat das Recht, jemanden dafür zu kritisieren.
Das war der Konsens.
Was wissen wir über Homosexu
• Tunten — Matsuko Deluxe* IKKO** u. a.
• Shinjuku Ni-Chome • vielseiti
• Krankheiten — AIDS • weitg
• Männer lieben Männer
gibt auch Frauen,
* Moderator, Entertainer und Dragqueen. ** Transgender Visagi

Ich denke dasselbe.
Aha...
Aber...
Als ich nach Hause gegangen bin, kam mir ein Gedanke.
Es ist doch gar nicht so unwahrscheinlich...
... dass es in unserer Klasse noch jemanden wie dich gibt.
Ich weiß zwar nicht, wie die genauen Zahlen lauten...
... aber in unserer Klasse sind wir insgesamt circa vierzig Leute.
Bei einer Wahrscheinlichkeit von 5 % wären wir bei zwei Homosexuellen.

Wenn die Wahrscheinlichkeit über 5 % liegt, könnte es sogar noch mehr Homosexuelle an der Schule geben.
Vielleicht ja kein Junge, sondern ein Mädchen.
Oder eventuell eine der Lehrkräfte.
Jedenfalls wäre es nicht verwunderlich.
Als ich das erkannt habe...
... habe ich mich gefragt, wie sie sich während der Diskussion gefühlt haben müssen.
...
Auch wenn unser Konsens lautet, dass daran nichts Anormales ist, hat sich niemand geoutet.
Vielleicht haben sie sich ja sogar gedacht...
... dass wir uns nicht einmischen und sie einfach in Ruhe lassen sollten...
Wir haben so ein schönes Ergebnis erzielt, aber wir sind nur Außenstehende.
Vielleicht klangen wir für sie sogar herablassend und eingebildet.
Der Gedanke lässt mich nicht los!

Verstehe.
…
Sag es mir, Jun.

Was muss ich tun...
... damit ich dir näher-komme?
Was muss ich tun...
... damit dich meine Worte erreichen?

Jun...?
...
DING DONG
!
DING DONG
Oh, es gongt.
DING DONG

Gehen wir.
Okay...
Aber...
... was hätte ich auch darauf antworten sollen?

Ist Leute belauschen jetzt dein neues Hob-by?
Diesmal hab ich nicht gelauscht.
Was willst du dann hier?
Spuck's aus, wenn du was zu sagen hast!
Hab's mir anders überlegt.

Hör mal. Yusuke...
... hat bei unserer Diskussion...
... echt Eindruck hinterlassen.
WAMM
Ihr behauptet, Homosexualität würde euch nichts ausmachen...
... aber sobald sich jemand als homosexuell outet, wird daraus 'ne Riesennummer!
Und weil sie das wissen, vertrauen sie sich auch niemandem an!

Eure schönen Worte zeigen...
... was für Memmen ihr seid!
»Wir akzeptieren euch, wie ihr seid...
... aber ihr verkrümelt euch ein-fach.«
Auf diese Weise...
... drückt ihr euch bloß vor eurer eigenen Verantwortung!

Das waren seine Worte.
Sie drücken sich vor ihrer Verantwortung...?
Aber sie sind doch gar nicht schuld daran.
Sondern ich, der es vor ihnen verheimlicht hat.
»Wir akzeptieren euch nicht...
... also wollen wir nichts von euch wissen.«
Ist es das, was er damit meint...?
Schon möglich...
Gehen wir. Der Unterricht fängt gleich an.
Ja, stimmt.

Nach der Klassenlehrer-stunde...
... sind wir für die Abschlussfeier in die Turnhalle.
Anlässlich der Abschlussze-remonie folgen nun ein paar Worte des Direktors.
Bitte erhebt euch.
Ähem...
Als wäre ich ein Abge-sandter des Bösen...
... der den Frieden der Schule gestört hat.

Es ist, wie Yusuke gesagt hat.
Kaum entpuppt sich jemand als homosexuell, wird 'ne Riesennummer draus.
GUWAAAAH
Yusuke ist ein Lügendetektor.
Er ist ein ehrlicher Mensch...
... und bringt daher die Lügen der Welt ans Licht.
Aber mir soll's recht sein.
Ähm, als Nächstes...
... folgt die Auszeichnung für hervorragende Klubaktivitäten.
Ich bitte, die aufgerufenen Schüler nach vorne zu kommen.

Aus dem Kunstklub, Klasse 11c:
Sae Miura.
Ja!
Egal. Heute bin ich hier, um sie zu sehen.

KLATSCH
KLATSCH
Ich freu mich so für sie.
KLATSCH
KLATSCH
Du glaubst mir das zwar wahrschein-lich nicht...
KLATSCH
KLATSCH
... aber ich liebe dich wirklich sehr.

Deswegen bin ich glücklich...
... wenn du es bist.
KLATSCH
KLATSCH
KLATSCH
KLATSCH
Ich gratuliere dir von Herzen.
KLATSCH
KLATSCH
Ich bin wirklich stolz auf dich.
KLATSCH
KLATSCH
KLATSCH
Dabei...
KLATSCH

... weiß ich nicht einmal, was du eigentlich gemalt hast.

Ich weiß es nicht...?
Ich bin doch ihr Freund!
Ich bin hier, weil sie mich darum gebeten hat.
Sie liebt mich.
Und ich liebe sie.
Und trotzdem weiß ich nicht einmal, was für ein Bild sie gemalt hat.

Wieso...?
Blöde Frage...
Weil ich sie nie gefragt habe.
Ach so...
Ich...
Jun!

Wir...
... hatten Dates...
... haben uns geküsst...
... und versucht, miteinander zu schlafen.
Aber...
... wir haben nie miteinander gesprochen.
Ich will, dass du mich verstehst! Dass du weißt, was für ein Mensch ich bin!
Und dass wir dann offen miteinander reden können.
... miteinander reden können.
... reden kön...
... reden...

Ich leih mir das kurz!
SCHWUPP
Ähm, vielen Dank für die Auszeichnung.
Ich erlaube mir, diese Gelegenheit zu nutzen, um euch etwas Wichtiges mitzuteilen.
Bitte hört gut zu.
TUSCHEL
TUSCHEL
TUSCHEL
TUSCHEL
TUSCHEL
Was hat sie vor...?

Denn ihr sollt wissen...

... dass ich Homos...

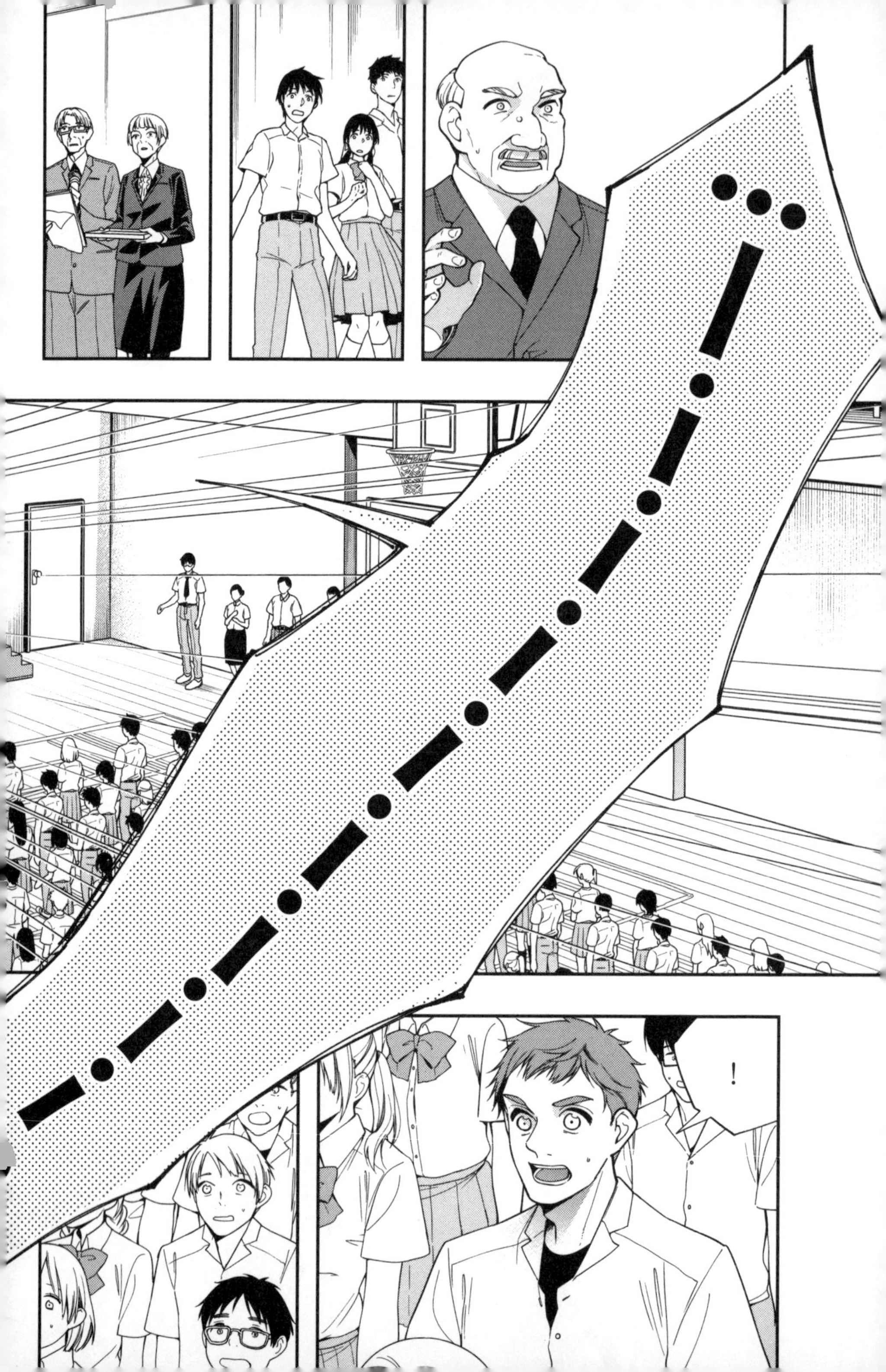

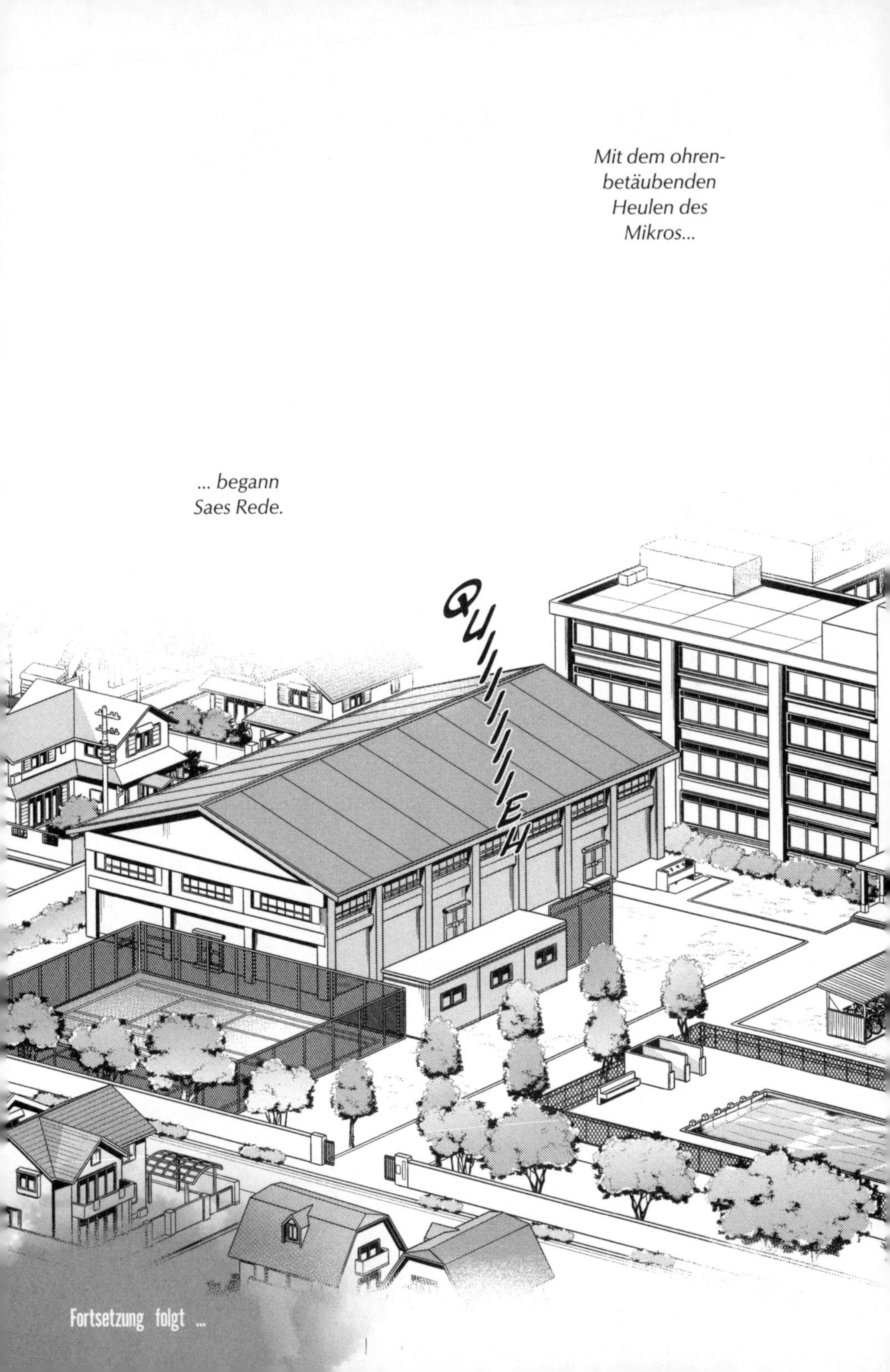
Mit dem ohren-
betäubenden
Heulen des
Mikros...
... begann
Saes Rede.
QUIIIIIIIEH
Fortsetzung folgt ...

The Gender of Mona Lisa
Bände 1 - 3 mit türkisen Elementen auf jeder Seite – nur in der 1. Auflage!
Leben zwischen den Geschlechtern
Welches Geschlecht hat die Mona Lisa? War Leonardo da Vincis Modell wirklich eine Frau? Viele Mythen ranken sich um dieses Gemälde und man munkelt sogar, dass es beide Geschlechter in sich vereint…
Mit dieser Frage beschäftigt sich auch Hinase. Hinase lebt in einer Welt, in die alle Menschen ohne Geschlecht hineingeboren werden. Erst mit der Vollendung des zwölften Lebensjahrs entscheidet man sich, ob man ein Leben als Mann oder Frau führen möchte. Hinase ist schon 18 und hat sich immer noch nicht entschieden. Das ist für alle ein Problem, außer für Hinase…
The Gender of Mona Lisa
Tsumuji Yoshimura
1
HAYABUSA
SEIBETSU MONALISA NO KIMI E. © Tsumuji Yoshimura/SQUARE ENIX CO., LTD.
HAYABUSA
hayabusa-manga.de
HayabusaTweets
hayabusa_manga

AKIRA NITTA

# Love and Fortune

**KANN DIESE LIEBE FUNKTIONIEREN?**

Wako ist 31 und hat sich ihr Leben ganz anders vorgestellt. Ihr Traumprinz ist nie gekommen, also lebt sie in einer emotionslosen Zweckbeziehung mit Fuuta. Ihr fehlt der Mut, etwas an ihrem Leben zu ändern - bis eines Tages Yumeaki in ihr Leben tritt. Über ihre gemeinsame Leidenschaft für Filme finden die beiden zueinander und verlieben sich Hals über Kopf. Doch es gibt ein Problem: einen gewaltigen Altersunterschied zwischen den beiden, denn Yumeaki geht noch auf die Highschool...

Provokant, dramatisch und emotional fordernd – dieser besondere Manga wurde auch als Real-Serie verfilmt und ist auf Netflix zu sehen!

BAND 1 MIT WUNDERSCHÖNEM LESEZEICHEN – nur in der Erstauflage!

Romance • ab 16 Jahren
Großtaschenbuch • schwarz-weiß/farbig
ca. 198 Seiten • 12,5 x 18 cm

HAYABUSA
www.hayabusa-manga.de

hayabusa_manga HayabusaTweets

YUKO INARI

# 10th

Drei Freunde, eine Liebe

**DOPPELT VERLIEBT IN DEN BESTEN FREUND…**

Take und Umeko sind seit ihrer Kindheit befreundet. Da Take schweres Asthma hat, fehlt er oft an der Schule und hat aufgrund seines Außenseiterstatus eine emotionale Mauer um sich gezogen. Selbst Umeko, die sich immer aufopfernd um ihn kümmert, wird nicht besonders nett von ihm behandelt. Doch als auf der Oberschule der fröhliche und beliebte Macchan in das Leben der beiden tritt, ändert sich mit einem Mal alles: Seine positive Art lässt erobert ihre Herzen im Sturm. Während die drei nach außen hin wie eine unzertrennliche Dreierclique wirken, merken sowohl Take als auch Umeko, dass sie sich in Macchan verliebt haben… Aber ist es wirklich wert, dafür die Freundschaft zu riskieren?

vorläufiges Cover

10th © Yuko Inari / SQUARE ENIX

BAND 1 MIT EDLER POSTKARTE – nur in der Erstauflage!

Romance • ab 14 Jahren
Großtaschenbuch • sw/vierfarbig
ca. 226 Seiten • 12,5 x 18 cm
In drei Bänden abgeschlossen!

HAYABUSA

www.hayabusa-manga.de

hayabusa_manga

HINAKO

# Fuck Buddy

**VON DEN GEFÜHLEN ÜBERMANNT**

Ryo und Akanishi sind hungrig nach schnellem Sex und tigern gemeinsam Nacht für Nacht durch die Bars der Stadt, immer auf der Suche nach einer willigen Gespielin. Eines Tages läuft bei einem solchem Dreier etwas schief – und für die beiden abgebrühten »Fuck Buddies« beginnt eine Phase, in der es nicht mehr ausreicht, jedes Gefühl mit billigem Sex zu überschminken.

Eine Boys-Love-Geschichte, die sich als deutlich tiefgründiger und facettenreicher entpuppt, als es der Titel erahnen lässt.

MIT EDLER SNS-CARD – nur in der Erstauflage!

Boys Love • ab 18 Jahren
Großtaschenbuch • sw/vierfarbig
176 Seiten • 12,5 x 18 cm
Einzelband



HAYABUSA
www.hayabusa-manga.de

hayabusa_manga HayabusaTweets

DAISUKE HIYAMA

# PETER GRILL

## AND THE PHILOSOPHER'S TIME

### DIE »CREME DE LA CREME« DES HAREM-GENRES

Um seine große Liebe zu beeindrucken, nimmt Peter Grill am wichtigsten Kampfturnier des Landes teil... und gewinnt! Doch der damit verbundene Ruhm rückt den frisch gekrönten »stärksten Kämpfer der Welt« in den Fokus der gesamten Damenwelt. Peter steht von nun an zwischen den Fronten: Auf der einen Seite wartet seine Verlobte Luvelia, die immer noch annimmt, Babys würden von Störchen gebracht, auf der anderen Seite machen sich unzählige Monstermädchen auf den Weg, alle mit derselben Hoffnung – durch Peter besonders starken Nachwuchs zu bekommen.

Die MANGA-VORLAGE zum gleichnamigen ANIME!

Comedy • ab 16 Jahren
Großtaschenbuch • sw
176 Seiten • 12,5 x 18 cm



HAYABUSA

www.hayabusa-manga.de

hayabusa_manga HayabusaTweets

# SHE LIKES GAY BOYS
BUT NOT ME

ist eine japanische Serie, die originalgetreu von »hinten« nach »vorne« und von rechts nach links gelesen wird! Schlagt das Buch also »hinten« auf und blättert Seite für Seite nach »vorne« weiter! Auch die Bilder und Sprechblasen werden von rechts oben nach links unten gelesen, wie es in der Grafik gezeigt wird! Hayabusa wünscht gute Unterhaltung!

HAYABUSA
Carlsen Verlag GmbH · Hamburg 2022
Aus dem Japanischen von Carina Dallmeier
KANOJO GA SUKI NA MONO HA HOMO DEATTE BOKU DE HA NAI volume 2

First published in Japan in 2019 by KADOKAWA CORPORATION, Tokyo.
German translation rights arranged with KADOKAWA CORPORATION, Tokyo. through TOHAN CORPORATION, Tokyo.
Redaktion: Germann Bergmann
Herstellung: Maria Niemann

ISBN: 978-3-551-62122-1